Gioachino Rossini, George S. Parker

Moses in Egypt

Gioachino Rossini, George S. Parker

Moses in Egypt

ISBN/EAN: 9783337330033

Printed in Europe, USA, Canada, Australia, Japan

Cover: Foto ©Andreas Hilbeck / pixelio.de

More available books at **www.hansebooks.com**

MOSES

IN

EGYPT:

AS PERFORMED BY THE

HANDEL AND HAYDN SOCIETY,

OF BOSTON.

COMPOSED BY

ROSSINI.

TRANSLATED AND ADAPTED BY GEORGE S. PARKER.

BOSTON:
PUBLISHED BY OLIVER DITSON & CO.
277 WASHINGTON STREET.

CONTENTS.

PART I.

PART II.

MOSES IN EGYPT

INTRODUCTION AND CHORUS.

morse   Rend now my heart in twain !   It yields its stubborn pride,   Yielding, alas ! in
men-do,   non la-ce-rar mi il pet-to!   Oh troppo il mio com-pren-do: reo, per-ti-na-ce er

NICAULE.

How bowed is Egypt's
O de - so-la-to E -

OSIRIS.

A suppliant peo-ple pray —   Pardon, O Lord! bestow.
Qual di con-trarj af - fet-ti,   son - to fatal con-flit-to!

vain.
- ror!

pride,   This awful day of woe.
- git - to,   oh gior-no di ter - ror!

CHORUS OF WOMEN.

See, at thy feet, O king, Thy faithful subjects bend ;   Against Almighty
Mira a tuoi pie - di, i figli tuoi do - len - ti;   in-va - no a tuoi por -

CHORUS OF MEN.

See, at thy feet, O king, Thy faithful subjects bend ;   Against Almighty

See, at thy feet, O king, Thy faithful subjects bend ;   Against Almighty

espresivo.

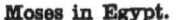

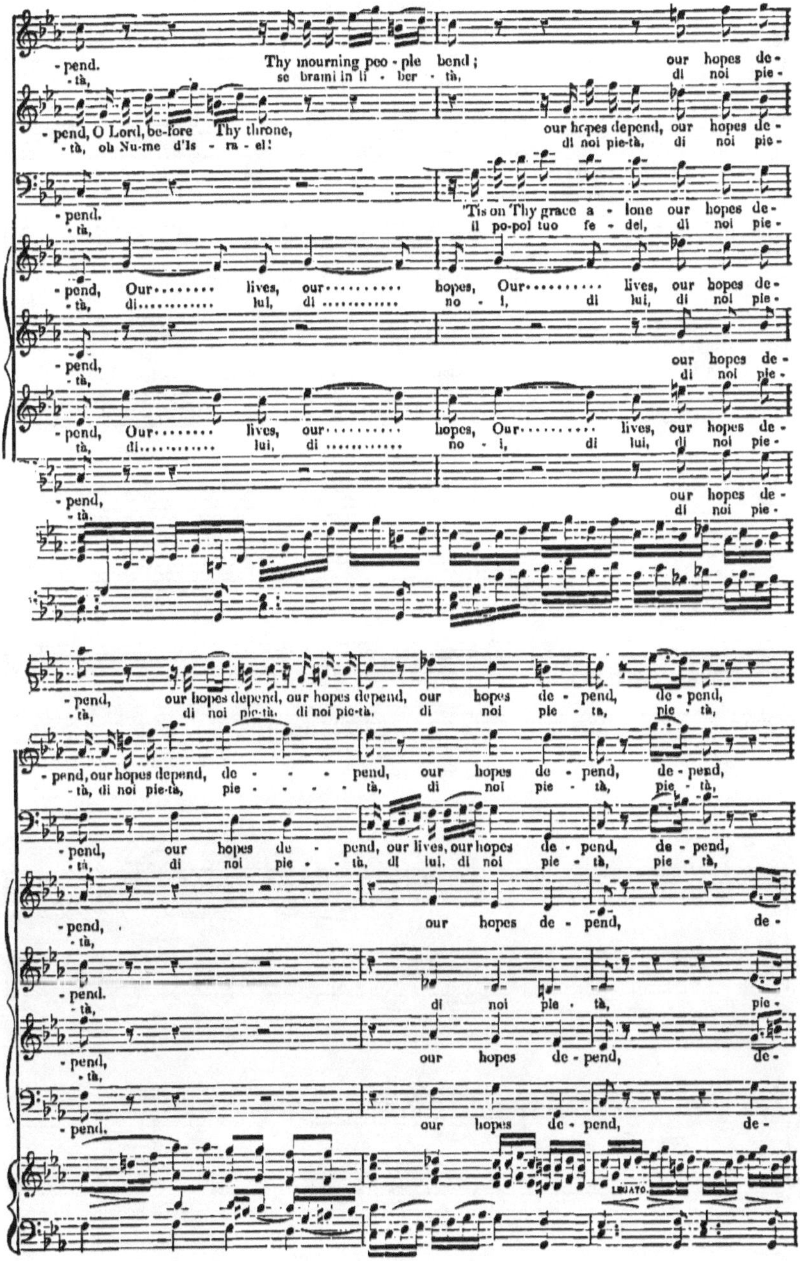
- pend. Thy mourning peo - ple bend; our hopes de -
- tà, se brami in li - ber - tà, di noi pie -
- pend, O Lord, be-fore Thy throne, our hopes depend, our hopes de -
- tà, oh Nu-me d'Is - ra - el! di noi pie-tà, di noi pie -
- pend. 'Tis on Thy grace a - lone our hopes de -
- tà, il po-pol tuo fe - del, di noi pie -
- pend, Our........ lives, our........... hopes, Our........... lives, our hopes de -
- tà, di............. lui, di............. no - i, di lui, di noi pie -
- pend, our hopes de -
- tà, di noi pie -
- pend, Our........ lives, our.......... hopes, Our.......... lives, our hopes de -
tà, di............. lui, di............. no - i, di lui, di noi pie -
- pend, our hopes de -
- tà, di noi pie -
- pend, our hopes depend, our hopes depend, our hopes de - pend, de - pend,
- tà, di noi pie-tà, di noi pie-tà, di noi pie - tà, pie - tà,
- pend, our hopes depend, de - - - - pend, our hopes de - pend, de - pend,
- tà, di noi pie-tà, pie - - - - tà, di noi pie - tà, pie - tà,
- pend, our hopes de - pend, our lives, our hopes de - pend, de - pend,
- tà, di noi pie - - tà, di lui, di noi pie - tà, pie - tà,
- pend, our hopes de - pend, de -
- tà,
- pend.
- tà, di noi pie - tà, pie -
- pend, our hopes de - pend, de -
- tà,
- pend, our hopes de - pend, de -
LEGATO.

our hopes de - pend.
pie - tà, pie - tà!

our hopes de - pend.
pie - tà, pie - tà!

our hopes de - pend.
pie - tà, pie - tà!

- pend, de - pend.

- tà, pie tà!

- pend, de - pend.

- pend, de - pend.

PHARAOH.

RECITATIVE.

Moderato.

Mighty God of the Hebrews, late I acknowledge Thine avenging
Ma-no rei-tri - ce d'un Di - o! tar-di co - nos co l'im-men-so tuo po -

hand, whose wrath — oh, fol - ly — to Egypt's fearful harm I have de - fied !
- ter, che troppo, ahi fol - lel a dan - no dell' E - git - to, io pro-vo-ca - i.

MOSES.

He, O king, whom thou call'st, be-hold, is nigh thee. What means this summons?
Quel Mo - sè che chie-des-ti, è a tè vi - ci - no. A che mi chiami,

Wilt thou repeat thy daring insults and thy blasphemy to God, who of His power hath already given thee
ad as-col - tar no-vel-li sprezzi, ed in giu-rie al Di - o. che di sua pos-sa, tan-to pro - ve ti

PHARAOH.

proof. If by thy power thou remove from Egypt this horrid darkness, then thou—thy people
diè! Pur-ché se - re - no splenda l'Egi - zio ciel, col po-pol-tu - o Mo - sé, lo giu-ro!

MOSES

shall, where ye please, depart; no more will I retract my given promise. For
o - ve ti piaccia an - drai. e fido at-ten-de - rò le-mie pro-mes-se. Eb -

this, that God, who willingly forgives and slow - ly chas-tis-es, bears again thy word, and tries thy
- ben, quel Di - o, che volontier per - do na, men-tre tar - di pu - nis-ce, ac - cogli an cor la da - ta

faith. When at his word appears returning light, thine
- rè. Tu all ap - pa - ri - re di nuova lu - ce, che il

eyes and ev'ry sense confounding, thou and thy house His name a-dore.
ciglio, ei sen-si tuo-i ri - schiara: l'al - to suo nome a ve-ne-ra-re im - pa-ra.

INVOCATION.

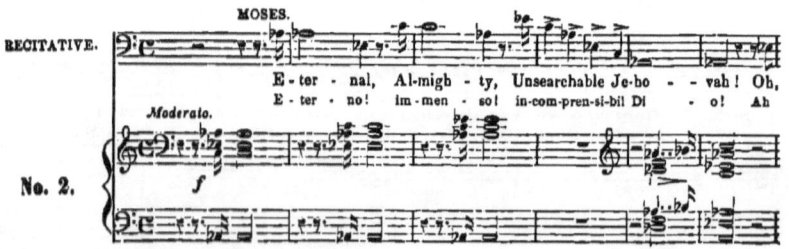

RECITATIVE.   MOSES.

E - ter - nal, Al-migh - ty, Unsearchable Je-ho - - vah! Oh,
E - ter - no! im - men - so! in-com-pren-si-bil Di - - o! Ah

Moderato.

No. 2.

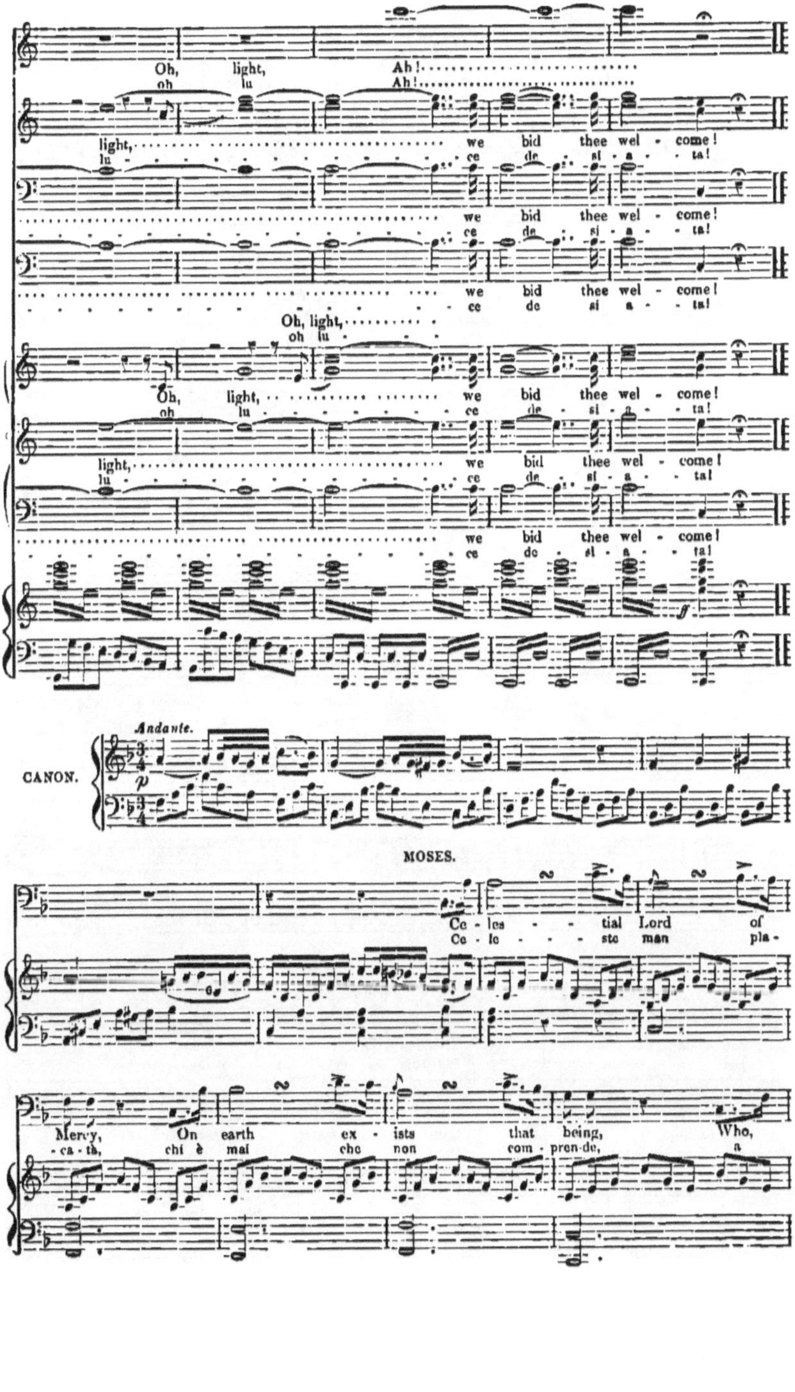

these Thy wonders see - ing, Can doubt Thy power,   can doubt Thy power   and
pro - ve si stu - pen - de, Chi non com - pren - de,   b som - ma tu - a   bon -

AARON.

Ce - les - - - tial Lord   of Mercy,   On
Ce - les - - te man   pla - ca - ta,   chi è

love ?   Ce - les - - - tial Lord   of Mercy,   On
- th,   Ce - les - - te man   pla - ca - ta,   chi è

earth   ex - ists   that being,   Who,   these   Thy wonders
man   che   non   com - pren - de,   a   pro   ve si stu

earth   ex - ists   that being,   Who, these Thy wonders
man   che   non   com - pren - de,   a   pro - ve si stu -

see - ing, Can doubt Thy pow - er,   Can doubt Thy pow - er   and love !
- pen - de, chi non com - pren - de   la som - ma tu - a   bon - tà.

see - ing,   Can   doubt   Thy power and love !
- pen - de,   la   som - - ma   tua bon - tà.

these   thy   works   stu - pen-dous,
lab - - - - bro   mu - - - - to   ren - de,

these   thy   works   stu - pen-dous,
lab - - - - bro   mu - - - - to   ren - de,

On   earth   ex - ists............ that   be - ing,
chi é ma - i che   non............... com - - pren - de,

these   thy   works   stu - pen - dous,   What
lab - - - - bro   mu - - - - to   ren - de,   ad'

On   earth   ex - ists   that   be - ing,
chi é mai   che   non   com - pren - de,

What   heart,   Can
mu   - - to   re -

What heart, O pow'r tre - men - dous,   Can
ad   o - pre si stu - pen - de,   re -

                                         Can
                                         la

heart,........ Oh pow'r tre - men - dous,   What heart, re - bel - lious still,   What heart re -
o - - - pre si stu - pen - de,   chi mai re - sis - te - re,   chi mai re -

                                                                                 Can
                                                                                 la

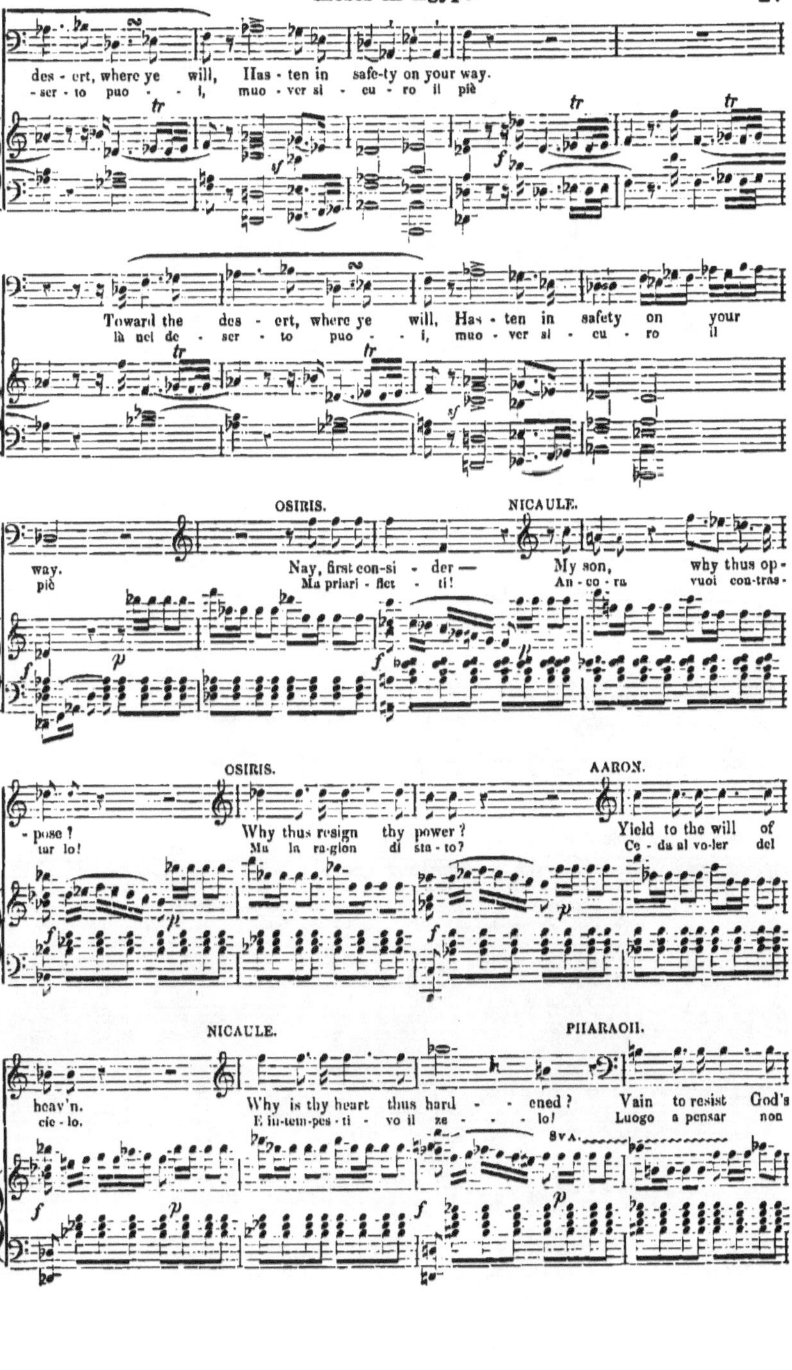
des - ert, where ye will, Has - ten in safe-ty on your way.
- ser - to puo - - i, muo - ver si - cu - ro il piè
tr
Toward the des - ert, where ye will, Has - ten in safety on your
là nel de - ser - to puo - - i, muo - ver si - cu - ro il
OSIRIS.
NICAULE.
way. Nay, first con-si - der — My son, why thus op-
piè Ma priari - flet - ti! An - co - ra vuoi con-tras-
OSIRIS.
AARON.
- pose ? Why thus resign thy power ? Yield to the will of
- tar lo! Ma la ra-gion di sta - to? Ce - da al vo-ler del
NICAULE.
PHARAOH.
heav'n. Why is thy heart thus hard - - ened ? Vain to resist God's
cie - lo. E in-tem-pes - ti - vo il ze - - - lo! Luogo a pensar non
8va.

OSIRIS.

Nay,   con-sid-er --
Ma..   ri-flet - ti!

will.
v'è.

Vain......... .... to re-sist   God's will.
Luo . . . . . go a pen-sar   non v'è.

AARON.

MOSES.

Yield   to the will   of Heav'n,
Ce - da al vo-ler   del cie - lo!

Cease,   un - grate - ful!
Và,   in - gra - to!

Vivace.

NICAULE.

Let ev'ry heart and voice   In   grateful concerts join; Heav'n's bow of peace again O'er
Vo - ci, di giu - bi - lo   d'in - torno e - cheg-gi-no,   di   pa-ce l'I - ri - de   per

AARON.   PHARAOH.   MOSES.

all .... unfolds.   O'er all .... unfolds.   O'er all .... unfolds.   O'er all .... un -
no - - i spuntò.   Per no - - i spuntò.   Per no - - i spuntò.   Per no - - i span -

Più Allegro.

- folds. Let ev'ry heart and voice In grateful concerts join ; Let ev'ry heart and voice
- tò. Vo - ci di giu - bi - lo, d'in - tor - no echeggi - no, vo - ci di giu - bi - lo,

- folds. Oh, day of bit - ter - ness, Israel's vic - to - ri - ous ! Oh, day of bit - ter - ness,
- vrò. Oh cru - de sma - ni - e, oh co - me mi - se - ro, oh cru - de sma - ni - e,

- folds. Let ev'ry heart and voice In grateful concerts join ; Let ev'ry heart and voice
  tò. Vo - ci di giu - bi - lo, d'in - tor - no echeggi - no, vo - ci di giu - bi - lo,

- folds. Let ev'ry heart and voice In grateful concerts join ; Let ev'ry heart and voice
- tò. Vo - ci di giu - bi - lo, d'in - tor - no echeggi - no, vo - ci di giu - bi - lo,

- folds. Let ev'ry heart and voice In grateful concerts join ; Let ev'ry heart and voice
- tò. Vo - ci di giu - bi - lo, d'in - tor - no echeggi - no, vo - ci di giu - bi - lo,

CHORUS OF WOMEN.

Let ev'ry heart and voice In grateful concerts join ; Let ev'ry heart and voice

Vo - ci di giu - bi - lo, d'in - tor - no echeggi - no, vo - ci di giu - bi - lo,

CHORUS OF MEN.

Let ev'ry heart and voice In grateful concerts join ; Let ev'ry heart and voice

Let ev'ry heart and voice In grateful concerts join ; Heav'n's bow of peace again O'er all un –
Vo - ci di giu - bi - lo, d'in - tor - no echeggi - no, di pa - ce l'I - ri - de. per noi span -

Più Allegro.

In grateful concerts join ; Heav'n's bow of peace again O'er all unfolds ; Heav'n's bow of
d'in - tor-no echeggi - no, di pa-ce l'I - ri - de, per noi spun - tò, di pa - ce

Israel's vic - to - ri-ous ! Its light no joy nor hope To me un-folds, Its light no
e come shì mi - se - ro, la spo-sa a - ma - bi - le per-der do - vrò, la sposa a -

In grateful concerts join ; Heav'n's bow of peace again O'er all un-folds, Heav'n's bow of
d'in tor-no echeggi - no, di pa-ce l'I - ri - de, per noi spun-tò, di pa - ce

In grateful concerts join ; Heav'n's bow of peace again O'er all un-folds, Heav'n's bow of
d'in - tor-no echeggi - no, di pa-ce l'I - ri - de, por noi spun-tò, di pa - ce

In grateful concerts join ; Heav'n's bow of peace again O'er all un-folds, Heav'n's bow of
d'in - tor-no echeggi - no, di pa-ce l'I - ri - de, per noi spun-to, di pa - ce

In grateful concerts join ; Heav'n's bow of peace again O'er all un-folds, Heav'n's bow of

d'in - tor-no echeggi - no, di pa-ce l'I - ri - de, per noi spun-tò, di pa - ce

In grateful concerts join ; Heav'n's bow of peace again O'er all un-folds,

- folds, Heav'n's bow of peace again O'er all un - folds,
- tò, di pa-ce l'I - ri - de. per noi spun - tò,

peace   O'er   all un - folds,   Heav'n's
l'I-ri-de,   per noi spun - tò,   di

joy   To   me un - folds,   Its
- ma bi-le,   per - der do - vrò,   la

peace   O'er   all un - folds,   Heav'n's
l'I-ri-de,   per noi spun - tò,   di

peace   O'er   all un - folds,   Heav'n's
l'I-ri-de,   per noi spun - tò,   di

peace   O'er   all un - folds,   Heav'n's
l'I-ri-de,   per noi spun tò,   di

peace   O'er   all un - folds,   Heav'n's

l'I-ri-de,   per noi spun - tò,   di

Heav'n's bow of peace   O'er   all   un - folds,

di   pa - ce l'I-ri-de,   per   noi spun - tò,

- folds, un-folds, un-folds.
- tò, spun-tò, spun-tò.

un-folds, un-folds.
do - vrò, do - vrò.

- folds, un-folds, un-folds.
- tò, spun-tò, spun-tò.

- folds, un-folds, un-folds.
- tò, spun-tò, spun-tò.

- folds, un-folds, un-folds.
- tò, spun-tò, spun-tò.

- folds, un-folds, un-folds.

- tò, spun-tò, spun-tò.

- folds, un-folds, un-folds.

NICAULE.

Let ev'-ry heart and voice In grateful concerts join; Heav'n's bow of peace again O'er
Vo - ci di giu - bi - lo, in torno e - cheg-gi-no, di pa - ce l'I - ri - de per

AARON.   PHARAOH.   MOSES.

all····· un - folds. O'er all····· un-folds. O'er all····· un-folds. O'er all····· un-
no - i spun - tò. Per no - i spuu - tò. Per no - i spun - tò. Per no - i spun-

- folds.   Let ev'ry heart and voice   In grateful concerts join ;   Let ev'ry heart and voice
- tò.   Vo - ci di   giu - bi - lo,   d'in - tor-no echeggi - no,   vo - ci di   giu - bi - lo,

- folds.   Oh, day of bit-ter-ness,   Israel's vic - to - ri-ous !   Oh, day of bit-ter-ness,
- vrò.   Oh cru-de   sma-ni - e,   oh come ahi mi - se - ro,   oh cru-de   sma-ni - e,

- folds.   Let ev'ry heart and voice   In grateful concerts join ;   Let ev'ry heart and voice
- tò.   Vo - ci di   giu - bi - lo,   d'in - tor-no echeggi - no,   vo - ci di   giu - bi - lo,

- folds.   Let ev'ry heart and voice   In grateful concerts join ;   Let ev'ry heart and voice
- tò.   Vo - ci di   giu - bi - lo,   d'in - tor-no echeggi - no,   vo - ci di   giu - bi - lo,

- folds.   Let ev'ry heart and voice   In grateful concerts join ;   Let ev'ry heart and voice
- tò.   Vo - ci di   giu - bi - lo,   d'in - tor-no echeggi - no,   vo - ci di   giu - bi - lo,

CHORUS OF WOMEN.

Let ev'ry heart and voice   In grateful concerts join ;   Let ev'ry heart and voice

Vo - ci di   giu - bi - lo,   d'in - tor-no echeggi - no,   vo - ci di   giu - bi - lo,

CHORUS OF MEN.

Let ev'ry heart and voice   In grateful concerts join ;   Let ev'ry heart and voice

Let ev'ry heart and voice   In grateful concerts join ;   Heav'n's bow of peace again   O'er all un -
Vo - ci di   giu - bi - lo,   d'in-tor-no echeggi - no,   di pa-ce   l'I - ri - de.   per noi spun

p

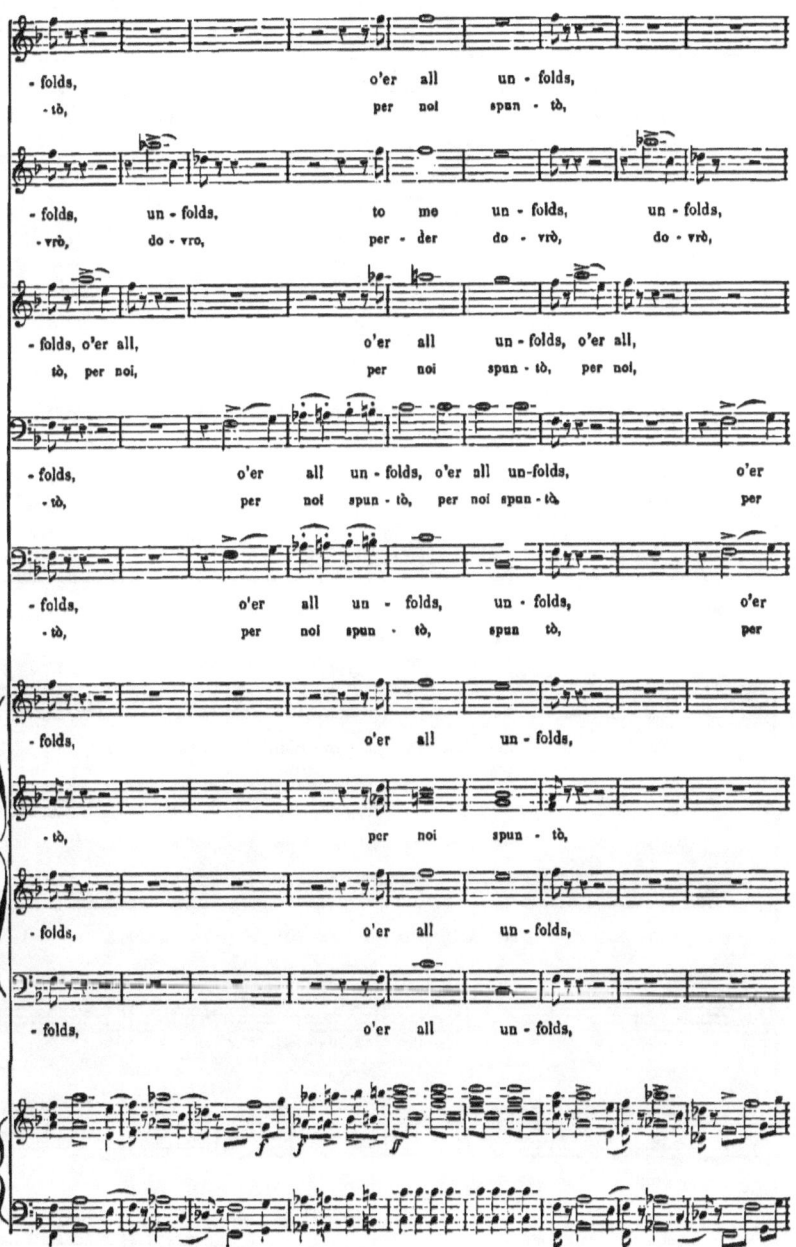

- folds,   o'er all   un - folds,
- tò,   per noi   spun - tò,

- folds,   un - folds,   to me   un - folds,   un - folds,
- vrò,   do - vro,   per - der   do - vrò,   do - vrò,

- folds, o'er all,   o'er all   un - folds, o'er all,
- tò, per noi,   per noi   spun - tò, per noi,

- folds,   o'er all un - folds, o'er all un - folds,   o'er
- tò,   per noi spun - tò, per noi spun - tò   per

- folds,   o'er all un - folds,   un - folds,   o'er
- tò,   per noi spun - tò,   spun tò,   per

- folds,   o'er all   un - folds,

- tò,   per noi   spun - tò,

- folds,   o'er all   un - folds,

- folds,   o'er all   un - folds,

all un - folds, o'er all un - folds.
noi spun - tò, per noi spun - tò.

me un - folds, to me un - folds.
-der do - vrò, per der dò - vrò.

all un - folds, o'er all un - folds.
noi spun - tò, per noi spun - tò.

all un - folds, o'er all un - folds.
noi spun - tò, per noi spun - tò.

all un - folds, o'er all un - folds.
noi spun - tò, per noi spun - tò.

o'er all un - folds.

per noi spun - tò.

o'er all un - folds.

o'er all un - folds.

OSIRIS.

RECITATIVE.

And have ye, cruel fates, more ills for me in store? A few brief hours, and she I
E ave - te avverse stell· più ful-mi-ni per mèl fin di lie-vo mo-men-to muo-ver la

cherished   leaves me, alas! for-ev-er.   I count not all for
ple-be,   e farti appien con-ten-to.   Ah tut-to non per -

Moderato.

Allegro.

. lost   if but her I yet re-tain.   Ah, see —   she comes,
-de-i,   se mi res-ta un a-mi-co.   Oh ciel!   che mi-ro!

ESTHER.

dis-tract-ed in mien,   pale and sad in look;   and she, too, must suffer.   Oh, my Prince, do I
quasi fuor di sè stessa..   ec-co l'amata El-ci-a..   che langue, e ge-me!   Ah mio prence ado-

simili.

OSIRIS.   ESTHER.

find thee?   Joy of my being!   Scarcely for a moment I hasten from my people, avoiding ev-'ry
-ra-to!   A-ma-ta speme!   Col-si questo momento, per in vo-lar mi a stento, del vi-gi-le Mo-

OSIRIS.

eye,   on-ly to see thee, and speak my last farewell.   We for-ev-er must part. Canst thou then leave me?
-sè: sol per ve-der-ti, ah per l'ul-ti-ma vol-ta.   Qua-le istante fa-tal!   Fer-ma ben mi-o.

He, a - las! with-draws their treasure, From the hearts
ques - to pian to Oh Dio! non di - ce, quanto è fie - - -

that scorned his aid, From the hearts,
ro il mio do - - - lor, quan - - to e fie - ro,

from the hearts that scorn'd his aid.
quan - - to e fie - - - ro il mio do - lor!

OSIRIS.

Andante.

Yes,'tis true, tho gods do
Non è ver che stringa il

fa - - vor Those who ho - ly rev-'rence cherish; yes, they fa - vor those who holy rev'renco
Cie - - lo, di due cuo - ri le.... ca-te - ne, le ca-te - - ne, non è ver, non è

per - ish, Liv - - - - - - ing - - - - - - - - hopes on Heav'n are stayed, Emp-ty
pe - ne, co - - - - - - - - - - sto sem - pre un fi - do a - mor, se a quest'

per - ish, Liv - - - - - - - - - - - ing hopes on Heav'n are stayed, Emp-ty
pe - ne, co - - - - - - - - - - sto sem - pre un fi - do a - mor, se a quest'

pride is doom'd to per-ish, is doom'd to per-ish; Liv - - - - - - ing - - - - -
al - ma af - fan-ni e pe - ne, af - fan - ni e pe - ne, co - - - - - sto - - -

pride is doom'd to per-ish, is doom'd to per - ish, Liv - - - - - - ing
al - ma af - fan-ni, e pe - ne, af - fan - ni e pe - ne, co - - - - sto

hopes on Heav'n are stay'd, on Heav'n are stay'd, on Heav'n are stay'd.
sem - pre il nos-tro a-mor, il no - stro a - mor, il no - stro a - mor.

hopes on Heav'n are stay'd, on Heav'n are stay'd, on Heav'n are stay'd.
sem - pre il nos-tro a-mor, il no - stro a - mor, il no - stro a - mor.

Allegro assai.
pp

ESTHER.

Hark! that sound calls Is - rael's faithful; I, a-
Ma quel suon, già d'I - sra - ele or rac-

pow - er, Hath our joy thus chang'd to sad - ness—Bids thee leave.... these
a - mante, che in si fie - - ro, e rio.. tor - men - to, non com - pian - ga.... il

scenes.... of glad - ness, Dark - - en'd now.... by hope.... be - tray'd?
mi - o.... tor - men - to, que - - - sto bar - - ba - ro......... pe - nar,

Dark - en'd.. now by hope...... be - - tray'd. Ah! 'tis God, the Lord of
que - sto.... bar - ba - ro......... pe - - nar. Dov' è mai quel co - re a

rit a d lib

ESTHER.

Is - rael, Who for - bids our sin - ful plea - sure; He, a - las!... withdraws.. their
man - te, che in si fie - ro, e rio.... mo - men - to, non com - piango... il mio...... tor -

trea - sure, From the hearts.... that scorned.... his aid, From.. the..
- men - to, que - - - sto bar - - ba - ro......... pe nar, que - sto....

aid, From the hearts that scorn'd his aid, From the hearts that scorn'd his aid, From the hearts that scorn'd his aid.

- - nar, que - sto bar - ba - ro pe - nar, que - sto bar - ba - ro pe - nar, questo bar - ba - ro pe - nar.

- tray'd, Darken'd now by hope betray'd, Darken'd now by hope betray'd, Darken'd now by hope betray'd.

- - nar, que - sto bar - ba - ro pe - nar, que - sto bar - ba - ro pe - nar, questo bar - ba - ro pe - nar.

RECITATIVE.

Allegro.

NICAULE.

My fears are confirmed — danger yet presses. Oh
Ah dov, è Fara - on? Mambre t'af-fret-ta. Che

King, though round thy palace th' Egyptians loudly clamor, demanding that thou de-
fu? Cinta è la Reggia, da folto stuol d'E - gi - zj: e baldanzo—so pretende o -

- lay the He - brews' de-part-ing, why should'st thou yield thy just decision?
- gnun, che l'ordi-ne già da - to di congedo agli E - bre i, siari - vo - cato.

Allegro.

PHARAOH.

No more, Osiris, thy precious counsels give me light. I see the Hebrew
Non piu và Mambre. Pren-cetu stesso il piede af-fretta; e sappia da voi Mo-

wiles. Thyself shalt bear mine order; and if from Egypt a single Hebrew move, To bitter death his head de -
- sè, cheri - vocato è il cenno; e scđu Egitto, un sol pa - ti - re ardisca, a - cerba morte il pu - ni

OSIRIS.   NICAULE.   PHARAOH.

- vote.   Oh joy !   Con - si-der, Pharaoh, thou wilt re - pent.   Cease, my queen, enough ; I have re
rà.   Qual glo - ja !   Dehrif - flet - ti mio llè, can-gia con - siglio.   Ta - ci, o re - gi - na: ho ri - so - lu - to e

- solv'd, And let the audacious Mo-ses trem-ble at my rage,   If he pre-tend to thwart me.
bas-ti.   Ah tremi il mio ne - mi - co, tre - - mi Mo - sè,   se il mio vo - ler con - tras - ta.

PHARAOH.

Clouds of darkness are
Ca - da dal ci - glio il

a piacere.

ARIA.*   Maestoso.

break - - - ing,   The impious plot disclosing,   The im - pious plot dis-
ve - - - - lo!   già l'em - pia tra-ma in-ten do,   già l'em - pia tra-ma in-

clos - - - - - ing;   No pow'r his will op-pos-ing,
ten - - - - - do!   e dal tuo det-to ap-pren-do,

should force the king to bend.
quan-to far-lo - - ve un Rè.

Ban - ish your fool - ish ter - - ror;
E in-tem - pes - tivo il ze - - - lo;

Si - lent, on me de - pend, on me de - - pend, on me de -
ta - ci, ri-po - sa in mè, sì, sì, ri - - po-sa, in mè ri - -

pend, on me, on me, on me, on me de-pend.
po-sa in mè, sì, sì, ri - - - - po-sa, ri-po-sa in mè.

Allegro.

Now trem - - ble, trem - ble,
Pa-ven - - ta oh ma - go, oh

f Allo.

trem-ble, thou artful magician!
ma go, ma - go in-de-gno!

The sword of wrath the
mi pro - - ve - rai, mi

thee all sor-rows flow — ing a - round my path at-tend, my path at - tend, a - round my path at-
si cru-de-le af - fan - no, tut - to, tut-to mi vien da tè, mi vien da tè, mi vien, mi vien da

tend, my path attend, my path attend, my path attend.
tè, mi vienda tè, mi vienda tè, mi vien da tè.

CHORUS.

No. 4.

race,
To freedom has re-stored.
Glo - ry be

der
di rio servag - gio.
Sian lo-di a

AARON.

To God in heav'n, glo - ry be giv'n, Glo - ry be

Di Abraam, d'Isacco, Dio di No - è. Sian lo-di a

Glo - ry be

CHORUS OE WOMEN.

Sian lo-di a

Glo - ry be

CHORUS OF MEN.

Glo - ry be

giv'n; Earth's utmost bounds, His love sur-rounds, His love sur-rounds.

tè, fattor del tut - to, Si - gnor de' Rè, sian lo - di a tè.

giv'n; His love sur-rounds, sian lo-di a tè.

giv'n; His love sur-rounds,

tè, sian lo-di a tè.

giv'n, His love sur-rounds,

giv'n, His love sur-rounds,

DUET.
No. 5.

ESTHER.

All is about me smil - - ing, Thou only,   O, reb-el heart,
Tut-to mi ri de in-tor - no; io so-la....   oh rio pe-nar!

'Mid songs, our toil be - guil-ing,   Conceal'st the tears that start.   conceal'st,   con —
In co-sì lie-to gior - no,   mi struggo in lagri - mar,   mi struggo,   mi.............

- ceal'st the tears that start.   Great God, if now be-fore Thee,   Un-clean my passion
struggo in la - gri - mar.   Gran Di - o! se al tuo cos - pet - to,   fal - la-ce è un tanto ar-

provo,   Oh, make me to   a - dore Thee   With
- dor: tu del tuo san-to af - fet - to   in-

espres.

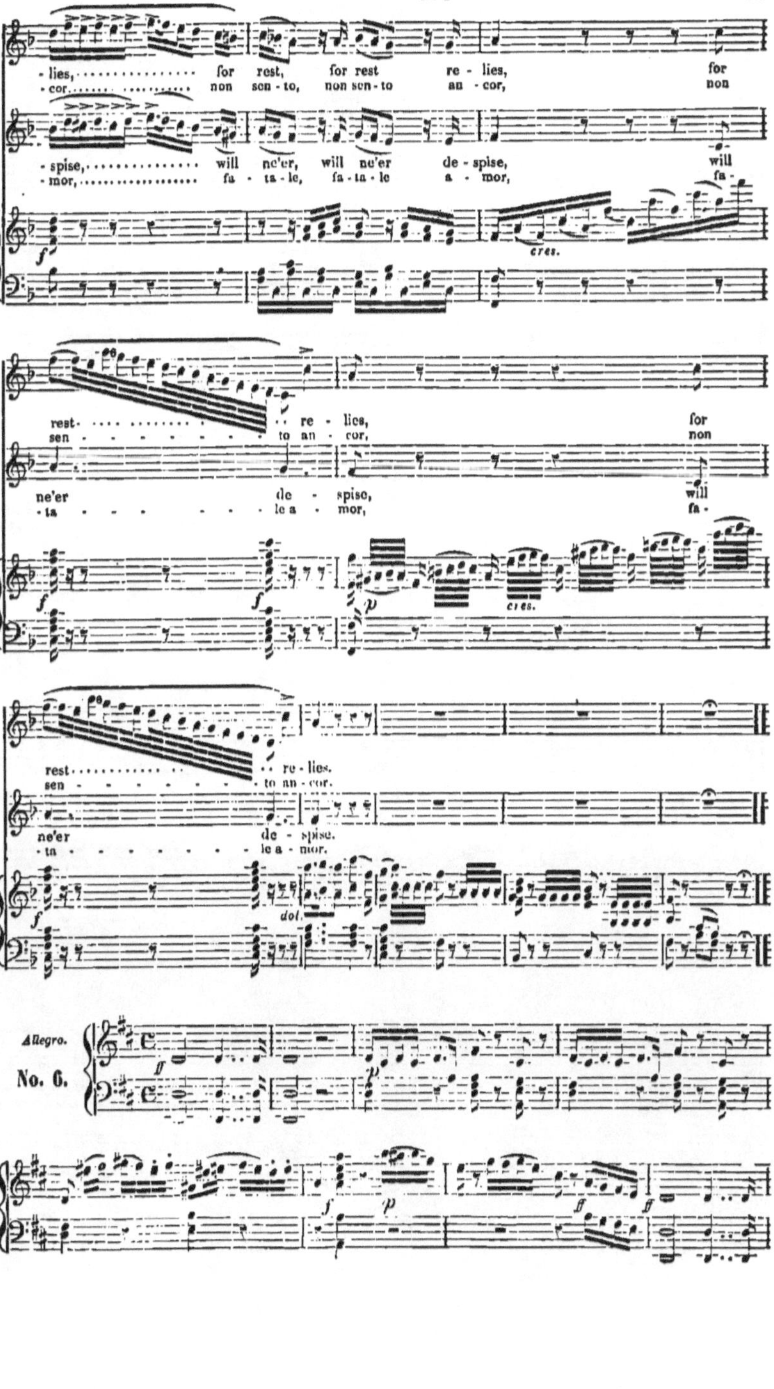
-lies, for rest, for rest re - lies, for
-cor, non sen - to, non sen - to an - cor, non
-spise, will ne'er, will ne'er de - spise, will
-mor, fa - ta - le, fa - ta - le a - mor, fa-
cres.
rest re - lies, for
sen - to an - cor, non
ne'er de - spise, will
-ta - le a - mor, fa-
cres.
rest re - lies.
sen - to an - cor.
ne'er de - spise.
-ta - le a - mor.
dol.
Allegro.
No. 6.

-pends, The king a-gain suspends.
Rè, per or sos-pen-de il Rè.

AARON.

Ah! how perfidious!
Ah! qual per-fi-dia!

MOSES.

My friends,
Ol-mè!

Oh,
Su-

doubt not,— God hath spo-ken; We go by His great might.
-per bi, Iddio lo vuo-le! Id-dio lo esi - - ge-rà.

NICAULE.

Hard heart!
Che or - - ro-re!

OSIRIS.

The spells thou wov'st are broken;
Pa-le - - si son tue fol-le.

AARON.

Hard heart!
Che or - - ro-re!

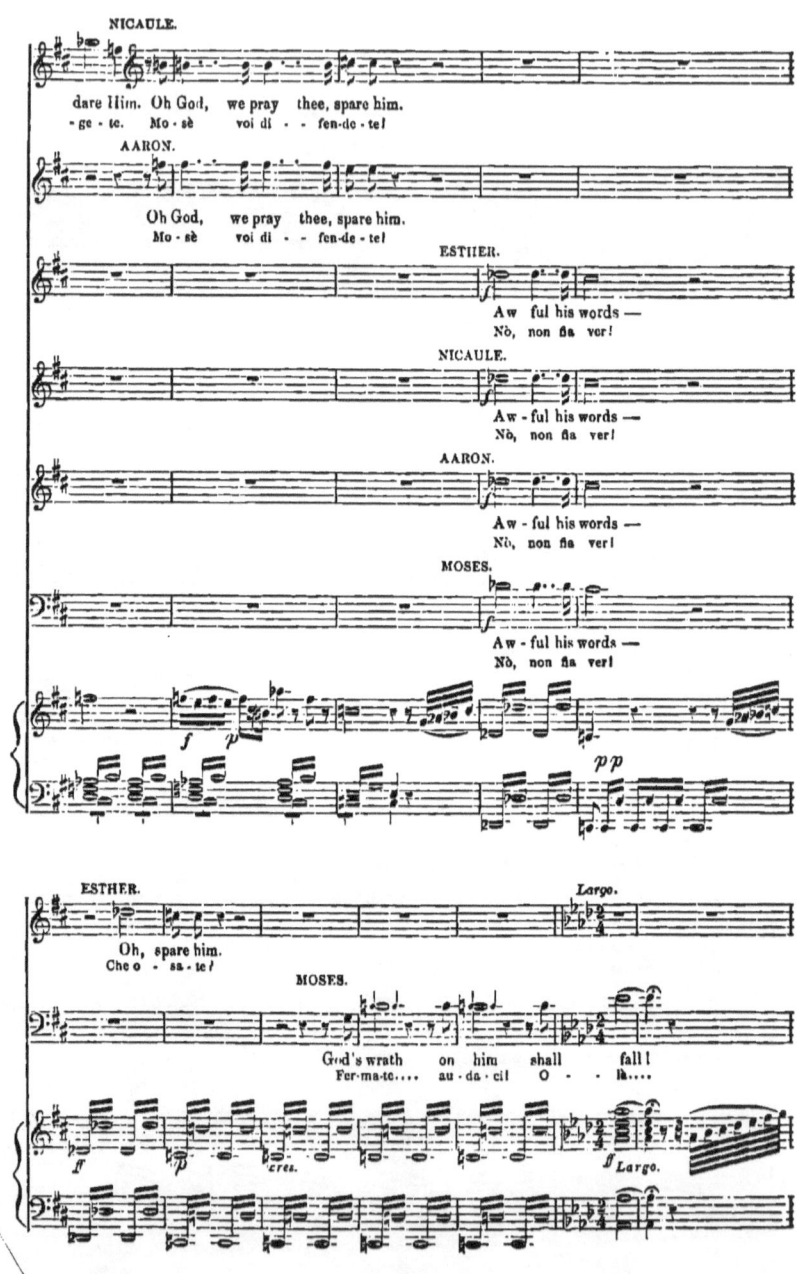

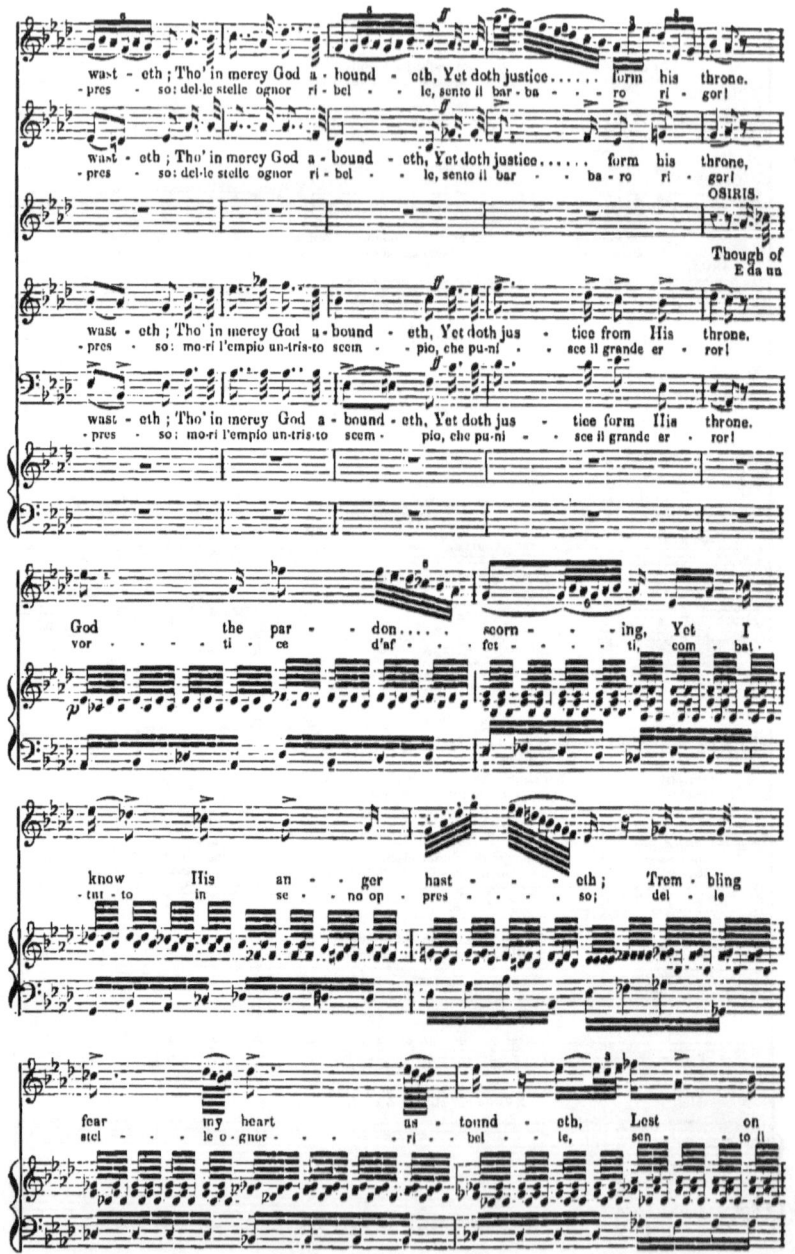

OSIRIS.
shall . . . . appal. Thy spells, thy fiends as-sem - ble — Again I
strug - - - - ge - rà. Mi - nac - ci!.... Au-da - ce! A - mi - ci.... ca - da-ços-
fp
fp
fp
fp
fp
NICAULE.
scorn them. Trem - ble — Re - pent thee — Re - pent!
- tu - i. Che di - ci, ti ar - rest - ta! ti ar - res - ta.
f
p
f
p
fp
fp
fp
ESTHER.
OSIRIS.
God's fear - ful an - ger Thou wilt up-on thee call. I fear not — yet I
Il nos - tro san - gue, pri - ma si ver - se - rà. Fe - ri - - te. Distrug-
NICAULE.
God's fear - ful an - ger Thou wilt up-on thee call.
Il nos - tro san - gue, pri - ma si ver - se - rà.
AARON.
God's fear - ful an - ger Thou wilt up-on thee call,
Il nos - tro san - gue, pri - ma si ver - se - rà.
MOSES.
God's fear - ful an - ger Thou wilt up-on thee call.
Il nos - tro san - gue, pri - ma si ver - se - rà.
sf

wast - eth ; Tho' in mercy God a - bound - eth, Yet doth justice...... form his throne......
- pres - so: del-le stelle ognor ri - bel - - le, sento il bar - ba - - ro ri - gor!

wast - eth ; Tho' in mercy God a - bound - eth, Yet doth justice..... form his throne.
- pres - so: del-le stelle ognor ri - bel - - le, sento il bar - - ba - ro ri - gor!

OSIRIS.

Though of
E da un

wast - eth ; Tho' in mercy God a - bound - eth, Yet doth jus - tice from His throne.
- pres - so: mo-ri l'empio un-tris-to scem - - pio, che pu-ni - - sce il grande er - ror!

wast - eth ; Tho' in mercy God a - bound - eth, Yet doth jus - tice form His throne.
- pres - so: mo-ri l'empio un-tris-to scem - - pio, che pu-ni - - sce il grande er - ror!

God   the par - don..... scorn - - ing, Yet I
vor - - ti - ce d'af - - fet - - ti, com - bat

know His   an - ger hast - - eth; Trem - bling
- tut - to in se - no op - pres - - so; del - le

fear   my heart   as - tound - eth, Lost   on
atel - - le o - gnor - - ri - bel - le, sen - - to il

form His throne, doth form His throne, Tho' in mer - cy God a -
il ri - gor, sente il ri - gor. Del - le stel - le ognor ri

doth jus - tice form, Tho' in mer - cy God a -
sente il ri - gor. Del - le stel - le ognor ri

His wrath be shown, His wrath be shown, Trembling fear my heart as -
sente il ri - gor, sente il ri - gor. Del - le stel - le ognor ri

form His throne, form His throne, Tho' in mer - cy God a -
il ri - gor, il ri - gor. Pro-vi l'em - pio un tri - sto e

wrath, His wrath be shown, Trembling fear my heart as -
- gor, il ri gor, il ri - gor. Pro-vi l'em pio un tri - sto

throne, form His throne, form His throne, Tho' in mer - cy God
- gor, il ri - gor, il ri - gor. Pro-vi l'em - pio an ri - sto e

- bound - eth, Yet doth just - ice form His throne, doth just - ice form,
bel - le, sente il bar - ba - ro ri - gor, sente il ri - gor

- bound - eth, Yet doth just - ice form His throne, Yet doth
bel - le, sente il bar - ba - ro ri - gor, che pu -

- tound - eth, Lest on me His wrath be shown,
bel - le, sente il bar - ba - ro ri - gor,

- bound - eth, Yet doth jus - tice form His throne, Yet doth
sem - pio, che pu - ni sca il - gra - ve er - ror, che pu

- tound - eth, Lest on me His wrath be shown.
sem - pio, che pu - ni sca il - gra - ve er - ror,

- bound - eth, Yet doth jus - tice form His throne,
sem - pio, che pu - ni sca il - gra - ve er - ror,

doth form His   throne,
sen - te il ri - gor,

Yet doth jus - tice form His   throne.
sente il bar - ba - ro   ri - gor!

jus - tice form His   throne,
ni - sca il gra - ve er - ror,

Yet doth jus - tice form His   throne.
sente il bar - ba - ro   ri - gor!

His wrath be   shown,......   His   wrath be   shown.
sente il ri - gor,............   sen - te il ri - gor!

jus - tice form His   throne,
ni - sca il gra - ve er - ror,

Yet doth jus - tice form His   throne.
che pu - ni - sca il gra - ve er - ror!

Lest on me   His   wrath be   shown.
che pu - ni - sca il gra - ve er - ror!

Yet doth jus - tice form His   throne.
che pa - ni - sca il gra - ve er - ror!

Tempo 1mo.   OSIRIS.
                                         My fa - ther,   this
Allo. Moderato.   Pa - dre,   co -
                              MOSES.
                              My lord.
                              Si - gnor!

re - bel   bold - ly   re - fu - ses—
- stu - i, fu ar - di - to a se-gno..

I   ne'er im-agined   that thou would's
Io   mai - cre de - i   che i cen-ni

MOSES.

end. Thy - self . . shalt learn to tremble, When God shall come in terror ; Then
- mar! Tu del mio Dio pa - ven - ta! ar - res - - ta i ful min suoi; e il

haste, thy fool - ish er - ror In season to a - mend, In sea - son to a - mend.
fal - - lo tuo che il puoi, t'af - fret - ta ad e - men - dar, t'af - fret - ta ad e - men - dar.

PHARAOH.

Slave, cease in vain to menace — Think of thy base con - di - tion — Nor to thy king con -
Schia - vo t'ar - res - ta, o ta - ci: fre - na quei det - ti au - da - ci! e il tuo signor t'ap -

- tri - tion Bold - ly to teach pretend.
- prendi da schia - vo a fa - vel - lar!

MOSES.

Praise to the God of Judah, Who yet His own de -
Nò. Pa - ven - ta il Dio di Guida, che i fi - gli suoi di -

- fendeth ;   Round him....   who Thee....   of - fend - eth....   Thine
- fen-de.   Mi - ra,   se chi........ l'of - fen - de......è

Allegro.

aw - - ful light - - ning   send !
pron - to   a   ful - - mi - - nar!

ff Ped.

PHARAOH.

Heav'n !......   whence   this
Cie - - - - -   lo   qual

Ped. ff

NICAULE.

whirlwind ?   Fire..........   rains,......
turbine!   Che!..............   più

Ped. ff   * Ped.

....   oh,   wonder !
. . . . - ve il   fuo-co!

ff

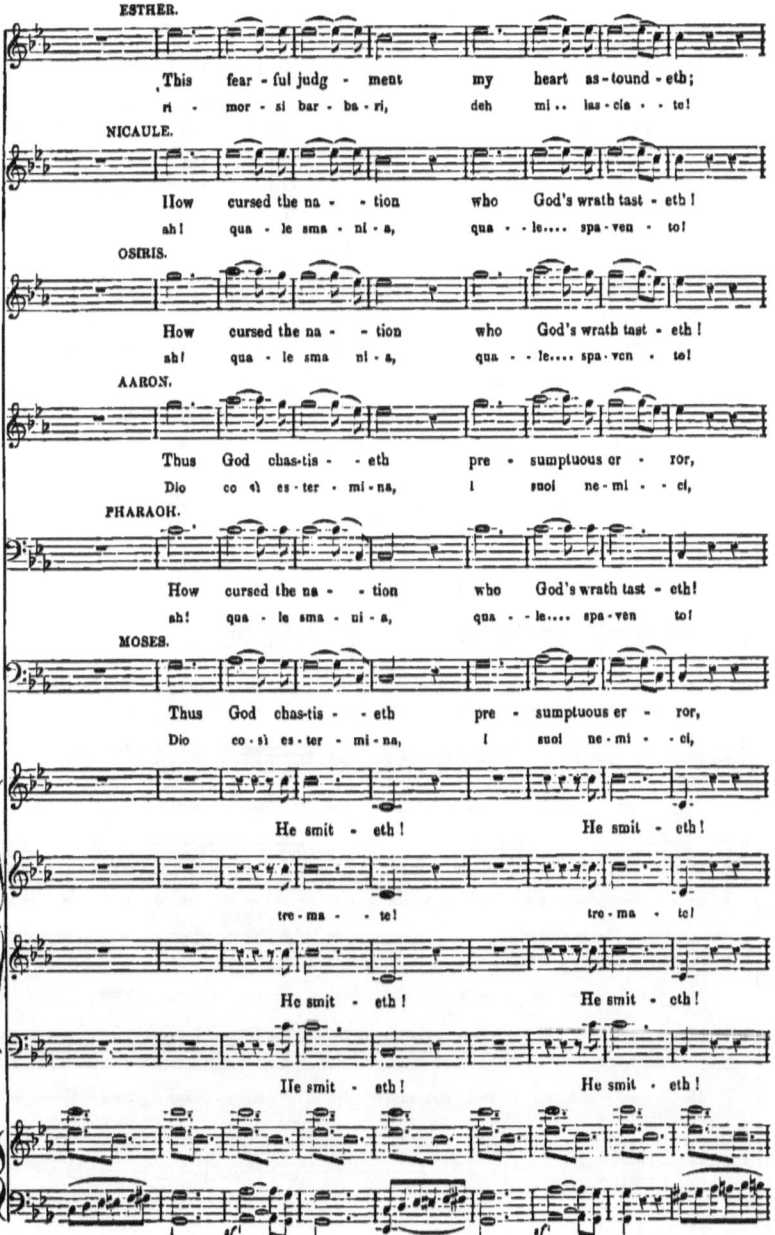

ESTHER.

This fear - ful judg - ment my heart as - tound - eth;
ri - mor - si bar - ba - ri, deh mi .. las - cia . . te!

NICAULE.

How cursed the na - - tion who God's wrath tast - eth !
ah ! qua - le sma - ni - a, qua - - le.. spa - ven - to!

OSIRIS.

How cursed the na - - tion who God's wrath tast - eth !
ah ! qua - le sma ni - a, qua - - le.... spa - ven - to!

AARON.

Thus God chas-tis - eth pre - sumptuous er - ror,
Dio co sì es - ter - mi - na, I suoi ne - mi - ci,

PHARAOH.

How cursed the na - - tion who God's wrath tast - eth!
ah ! qua - le sma - ni - a, qua - - le.... spa - ven to!

MOSES.

Thus God chas-tis - eth pre - sumptuous er - ror,
Dio co - sì es - ter - mi - na, I suoi ne - mi - ci,

He smit - eth ! He smit - eth !

tre - ma - - te! tre - ma - te!

He smit - eth ! He smit - eth !

He smit - eth ! He smit - eth !

My guil - ty pas - sion thus God con - - found - eth; The pangs of........
trop - po...... uua mi - se - ra vol tor - men - ta - - te, trop - po.... mi

Oh, wretch - ed E - gypt, thy beau - ty wast - eth, Con-sumed by......
da quan - te fu - rie stra - ziar - mi sen - - to, da quan - ti

Oh, wretch - ed E - gypt, thy beau - ty wast - eth, Con-sumed by........
da quan - te fu - rie stra - ziar - mi sen - - to, da quan - ti

He smit - eth sin - ners.. with sud - den.... ter - ror; Thus He .. de -
tre - - ma - te o per - fi - di sue fu - rie ul - tri - ci, è ques - to un

Oh, wretch - ed E - gypt, thy beau - ty wast - eth, Con-sumed by........
da quan - te fu - rie........ stra - ziar - mi sen - - to, da quan - ti

He smit - eth sin - ners with sud - den.... ter - ror; Thus He... de -
tre - - ma - te o per - fi - di sue fu - rie ul tri - ci, è ques - to un

He smit - eth sin - ners with sud - den.... ter - ror; Thus He .. de -
tre - - ma - te o per - fi - di sue fu - rie ul - tri - ci, è ques - to un

He smit - eth sin - ners with sud - den.... ter - ror; Thus He... de -

He smit - eth sin - ners with sud - den .... ter - ror; Thus He... de -

I know, the pangs I know,
do - lor, fie - - ro do - - lor,

- ing blow, a - - veng - ing blow,
- so il cor, op - - pres - - so il cor,

sotto voce.

- ing blow, a - - veng - - ing blow, a - veng - ing
- so il cor, op - - - pres - so il cor, op - pres - so il

sotto voce.

- ing foe, th' in - sult - - ing foe, th' in - sult - ing
fa - - - vor, del suo fa - - vor, del - sou - fa-

- ing blow, a - veng - ing blow,
- so il cor, op - - pres - - so il cor,

- ing foe, th' in - - sult - - ing foe,
fa - - - vor, del suo fa - vor,

- ing foe, th' in - - sult - - ing foe,

- ing foe, th' in - - sult - - ing foe,
fa - - - vor, del suo fa - vor,

- ing foe, th' in - - sult - - ing foe,

- ing foe, th' in - - sult - - ing foe,

PART II.

RECITATIVE.

PHARAOH.

Brighter and brighter glows the face of heav'n restor'd.
Ecco in tua ma-no A-ronne, il de-cre - to re - al!

His sacred promise doth the God of Israel keep.
Fata le al Regno sia la vostra di mora:

Here I give thee, Aaron, the royal order, that bids thy people from Egypt hasten, and sets them free from bondage.
anzi, di morte è ro - o, chi ad Is - ra-ele, a Tani in - torno s'aggira an-cor, quando ri - sorge il giorno.

PHARAOH.

Thou, my dearest son, shalt feast thy soul in gladness. Armenia's monarch accepts the proffer'd union, and in the royal
Ah! vieni figlio, e - sul - ti pur quell' alma;   E le spe - ra - te a ma - bi - le ca - te - ne, suc-ceda - no u-na

princess welcome thy bride.   What news is this? Shall I ever hide my secret passion, or shall I boldly brave my father's
volta   a tante pene   (Che mai farò?   ch' Elcia me - co restasse: e come a lu-i   pa - le - se -

OSIRIS.

PHARAOH.

wrath?   What ails my son? Sorrow clouds thy face; what source of pain and torment dost thou in secret nourish?
rò?)   perchè do-lente,   Prence ti veggo in volto;   e   quale affanno   hai nel tuo seno accolto?

DUETT.

No. 7.

Moderato.   OSIRIS.

Re-veal — un-seal — I may..........
Par lar.. spie gar.. non pos..........

not, These pains   my breast   that sev - - - - - er, These pains   my
so,   quel che   nel pet - - - to lo sen - - - - to   quel che   nel

Moses in Egypt

thus that love with-stand?   Why thus that love with-
ti compren - - - do an-cor,   ne ti compren - - - do an-

- stand?   Come,   speak —   Re-veal it,   Reveal it!
- - cor,   an - - - - - - cor,   fa-vel - la,   fa - vel-la!

OSIRIS.
To wis - - dom's ways.... a stran-ger,   I
Non mer - - - ta più........ con - si - glio,   Il

mer - it not thy coun-sel;
mi - se - ro mio sta - to

PHARAOH.
Sorrow, that makes thee lan - guish, makes thee lan-guish, Thy
(Pal pito a quell' as - pet - to, a quell' as - pet - to,   ge

To wis - - dom's ways.... a stran-ger, I
Non mer - - ta più........ con-si - glio, il

mer - it not thy coun-sel;
mi - se ro mio sta - to

PHARAOH.

Sorrow, that makes thee lan - guish, makes thee lan-guish, Thy
(Pal pito a quell' as - pet - to, a quell' as - - pet - to, ge -

heart, To drown mine ach - ing heart, To drown mine ach - ing heart.
- - dar, vò in - tre - pi - do a sfi - dar, vò in - tre - pi - do a sfi - - dar.

- part, My love shall peace im - part, My love shall peace im - part.
- - nar, del gra - ve suo pe - nar, del gra - ve suo pe - - nar.

8VA.

loco.

Allegro Moderato.

mf

MOSES.

Most gracious queen, what goodness proclaims thy noble heart.
Gentil Re - gi - na, oh quanto mi è no - to il tuo bel cor.

viæ f

'Tis by thy counsel, thy ever watchful
Tu mia di - fe - sa tu scudo al po - pol

NICAULE.

care, the bonds of Israel now are broken. Thy long solicited departure, oh quickly hasten, lest by thy foes persuaded, Pharaoh
mi-o, presso il consorte, fos-ti ma i sempre; La tua sol-le-ci - ta par - ten-za, i mezzi, e l'armi, tolga a nemi-ci tu-oi, di se-

yet re-voke his pro-mise. And since thou leav'st me in faith as yet un-certain, Rememb'ring
dur-re il suo cor. Qua-lunque istante, che in-u-ti-le tras-cor-ra, è pe-ri

oft this heart re-pen-tant, Oh, pray thy God to guide me.
glio-so a tuoi de-si-ri, ed al com-mun ri-po-so.

Andante Moderato.

ARIA.

No. 8.

NICAULE.

My wea-ry soul o'er-bur-den'd,
La pa-ce mia smar-ri-ta,

way,....
da

.... The..... clouds of sin a - way.
- .. del........ mio nò, non si...... da

a tempo.

CHORUS.   Oh

Ah

Oh

cheer thee, Oh cheer thee, God will hear thee, He will His truth dis-play, He

spe - ra, ah spe - ra, ti con so - la, il ciel si plu-che - rà, il

cheer thee, Oh cheer thee, God will hear thee, He will His truth dis-play, He

cres.

- way,   of........ sin ...... a - - - way,........The clouds of sin a -
-- dà,   nò,.......... non - - - si - - - - dà,.......... del mio, nò, non si

- play,   His   truth   dis - - - play,   His   truth   dis - -

-- rà,   si   pia - - - che - - - - - rà,   si   pia - - - che -

- play,   His   truth   dis - - - play,   His   truth   dis - -

- way,...... The clouds of sin a - way.
  dà,........ del mio non.... si   dà.

- play,   He   will His truth dis - play.

-- rà,   il   ciel si   pla-che - rà.

- play,   He   will His truth dis-play.

yet that for thy folly th' offended God of Israel shall thine own royal house vis-it with de-struc-tion.
col - po già scaglia, sul tuo pa-ter-no co-re; che cos-tar-ti sa-prà, pian-to, e do - lo - re.

Proud king, thy princely heir shall be, with all the first-born sons of Egypt, by heav'n's lightning blasted.
Su-per-bo! Il Re-al Prence, con tut-ti i pri-mo - ge-ni-ti, sa-ran-no ful-mi-na-ti dal cie-lo.

Allegro.

PHARAOH.

Nev - er! O-si-ris shall share my power, and scorn, as I, thy mal-ice. For
Guar-di-e! frà cep - pi costui sia tratto. Or, or vedrem, se il fulmine ab -

thee, thou shalt in pri - son languish, where from ling'ring death, not e'en thy God shall save thee!
- bat - te - rà sul trono il fi - glio mi - o: a tè da morte sal-ve-rà il tuo Di - o!

Cantabile.

ARIA.

Moderato. p dol:

MOSES.

Yes, with fet-ters thine or-der shall bind......me, In fu-ry, destruction thou
Tu di cep-pi mi aggravi la ma - - -no? Mi mi-nacci di morte fu-

threat - - 'nest, But thou seest not, (thy passions so blind.....thee,) Now o'er-takes thee the an-ger of
...us - - sta? Ma non sa-i che non tanto è lon-ta - - no A col-pir-ti lo sdegno del

Heav - - en, Mid af-flic-tion and troubles re-pen - - tant Shall too late bit-ter a-go-ny
clo - - lo. Fra gli affan-ni, tra' fie-ri tor-men-ti Troppo tar-di l'er-ror piange

rend.....thee,Then for mer - cy in vain shalt thou bend thee, Which shall ne'er to the faith-less be
ra - - i, E pie-ta - de, ma in van, chiede-ra-i, Che non mer-ta chi tanto è in-fe

giv - en, And thou seest not, thy passions so blind thee, now o'er-takes thee the an-ger of
..dell E non tan-to è... lon-ta-no A col-pir-ti lo sdegno del

es thee the an - ger of Heav'n, Now o'er-takes thee the
- ti lo sde - gno del cie - lo, A col - pir - - - ti lo

Piu Lento.

Heav'n.
ciel.

This the mer cy, oh wretched Is - rael, Af - ter
Quest' a - dunque al po - pol mi - o Do - po il

- ed, every source of sorrow tast - ed, this the love then thou canst in-
- ni Spesi in la - - grine ed af - fan - ni, Quest' a - dunque è la mer

prov - est, Feast in full; but him thou lov - est, At thy feet be - hold ex -
ra - to Go di ap-pien, ma il fi - glio a - ma - to Tu ve - drai spi - rar ti al

- pire, Feast in full, but him thou lov - est, at thy feet be - hold ex -
piè, Go - di ap - pien, ma il figlio a - ma - to Tu ve - drai spi - rar ti al

- pire, Feast in full, but him thou lov - est, him thou
piè, Go - di ap - pien ma il fi - glio a - ma - to Tu ve -

lov - est, him thou lov - est, at thy feet, at thy feet be - hold ex -
drai il fi - glio a - ma - to tu ve - drai, ... tu ve - drai spi - rar ti al

- pire, But him thou lov - - - est, but him thou
piè, il fi - - - glio a - ma - - - to il fi - - - glio a -

lov - est, at thy feet, thy feet ex - pire, be - hold ex -
ma - to tu ve - drai si tu ve - drai; spi - rar ti al

- pire, be - - hold ex - pire, be - - - hold ex -
pie, spi - - - rar ti al piè spi - - - - rar ti al

- pire, be-hold ex pire, be-hold ex - pire, be - - hold ex - pire.
piè, spi-rar ti al piè, spi-rar ti al piè, spi - rar ti al piè.

RECITATIVE.

PHARAOH.

This empty boasting shall quickly end. This hour I share my throne and you, my trusty nobles, welcome your monarch.
I grandi a ga-ra s'appressan già: tu meco il so glio ascendi; e nel pu-ni-re i re-i, pa - go me ren-di.

For love that free-ly flow - eth
si - gnor di tan - to do - - no,

Grate - ful thy name we bless.
gra - ti noi siamo a tè.

Grate - ful thy name we bless.
gra - ti siamo a tè.

Mir - ror of thy great vir - tues, Thy son all praise ex -
Specchio di tue vir - tu - de, al po - po - lo al - le

Grate - ful thy name we bless.
gra - ti siamo a tè.

Mir - ror of thy great vir - tues, Thy son all praise ex -
Specchio di tue vir - tu - de, al po - po - lo al - le

Shall earth your
sos - te - gno, a -

- cel - - leth, When Strength with wisdom dwell-eth, Shall earth your pow'r confess
squa - - dre, sa - rà co - me già il pa - dre, sos-te-gno, a - mi - co, e Rè,

- cel - - leth, When Strength with wisdom dwell-eth, Shall earth your pow'r confess.
squa - - dre, sa - rà co - me già il pa - dre, sos-te-gno, a - mi - co, e Rè,

pow'r con - fess, shall earth your pow'r con - fess.
- mi - co, e Rè, sos - te - gnò, a - mi - co, e Rè.

your pow'r confess, your pow'r confess.
a - mi - co, e Rè, a - mi - co, e Rè.

PHARAOH.

Yes, my faithful subjects, in him you'll find a   sov'reign as faithful.   Nicaule,   thou on-ly

Si, po-po-li d'E-git-to,   io v'offro in lu-i,   di voi de-gno so-vra-no.   Che ascolto !   e tu po-

Recitative.

mournest.   Yes, Pharaoh, 'tis fol-ly,   re-joic-ing in woe ;   this mo-ment,   thy

-tes-ti.....   Si,   pren-ce   che gio-va   piu fiam-ma nu-trir,   che un Di-o,   il tuo

people—thy very son—with death are threatened. Yield to thy fate,   de-liv-er Moses,   its

pa-dre, il tuo splendor,   quel soglio offende.   Ce-di al do-ver,   sciogli Mo-sè,   fe-

peace restore to Egypt,   and bid th'impatient Hebrews hasten to the desert,haply thou may'st avert God's rightful

-li-ce ren-di l'E-git-to,   e il popol d'Is-ra-e-le, va-da al de-ser-to,   ed a pla-car del cielo l'i-ra ben

anger ; thy son shall live and reign,   nor shall expiate thy fault,   nor....... fall thy victim.

giusta, El-cia tranquilla, e forte,   saprà il fal-lo es-pi-ar   col - - - - la sua morte!

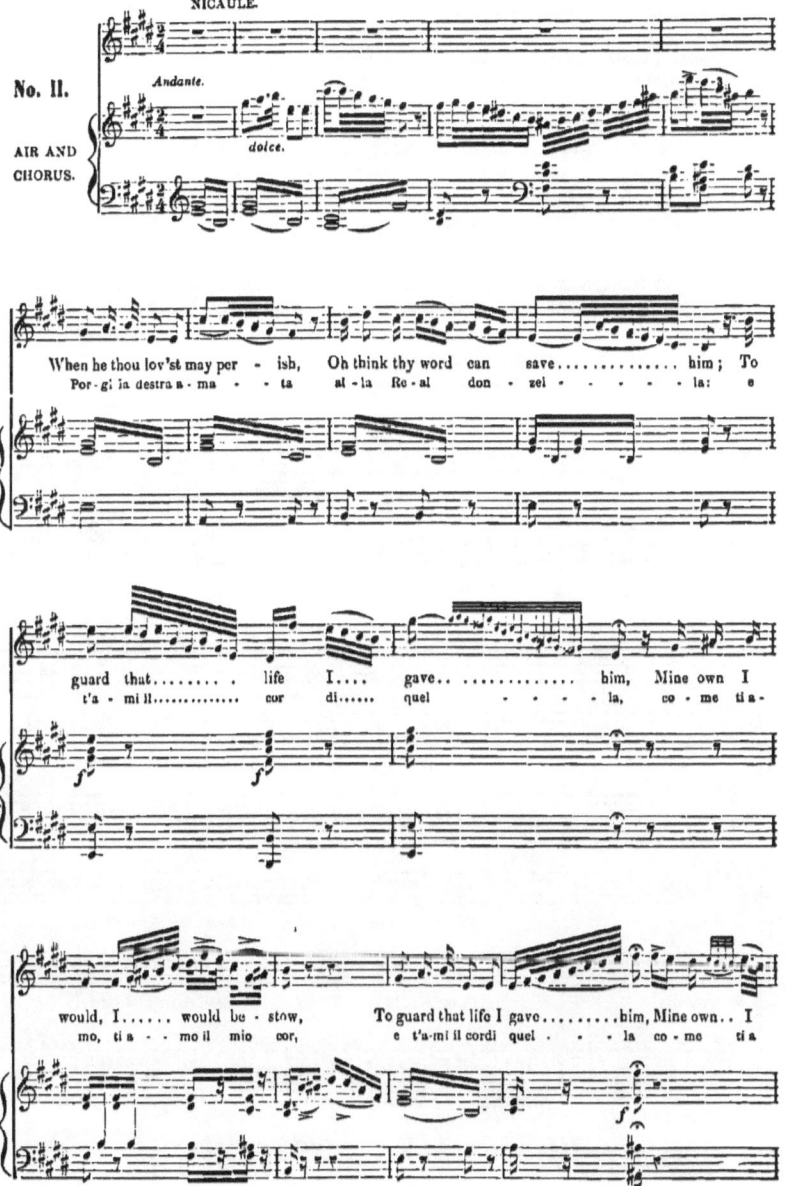

would, I would........ be - stow.
- mò, ti a-mò............ il mio cor.

CHORUS.

Him, whom thy peo-ple

Di una pas - sion ru -

Him, whom thy peo-ple

Him, whom thy peo-ple

To

cherish,   Save from this fa - tal   blow, this fa-tal blow.

bel - la,   vit - ti - ma è l'alma o - - gnor, è l'alma o-gnor.

cherish,   Save from this fa - tal   blow, this fa-tal blow.

cherish,   Save from this fa - tal   blow, this fa-tal blow.

a piacere.

guard that life I gave him, Mine own I would be-stow. Ah!............
E t'ami il cor di quel-la, co - me ti amò il mio cor. Ah!............

colla parte.

When he thou lov'st may per - ish, Oh think thy word........ can save........ him; To
Por-gi la destra a - ma - ta al-la Re - al........ don - zel - - la, e

guard that........ life I.... gave............ him, Mine own I would, mine own I
t'a - mi il............ cor - di.... quel - - - - la, co - me ti a-mò, co-me ti a

a piacere.　　　　　　*Allegro.*

would　　be - stow.　　　　　　　　　　　　　　　　　Oh,
- mò　　il mio cor.　　　　　　　　　　　　　　　　　E an

MESSENGER.

Pharaoh, yield thee,　ere ti - dings, ere　tidings come of wrath.　Oh Pharaoh—oh Queen of -
- cor re - sis - ti!　an - co - ra non　ce - di al - la ra-gione.　Ch'io ce - da!　ah quel fel -

NICAULE.

Oh,
Che

E-gypt, how shall I tell you my tid-ings—
-lo-ne! an-zi di questa ma-no, fel-lo-ne!

news that will rend your hearts—
o-ra do-vrà mo - - rir!

speak not! oh, speak not! I know it— my son!
fa-i.... che ten-ti.... in sa no! ti calma.

PHARAOH.

Fool-ish this terror.
io non ti te-mo,

NICAULE.

Spare me, O God! oh, spare thy serv-ant—
O-di l'ac-cen - to ca-tre-mo di chi tu a-ma- sti....

MESSENGER.

Speak! what are thy tidings?
vien, non ti te mo!

O-
Ah!

- si-ris, this hour, within the palace, by lightning from heaven has perished.
ca-da, quel mago in-degno, in - degno, e ri - o! ca - da....

mez. f   ff Ped.

CHORUS

Ah!......

Ah!..........

Ah!......

Ah!......

MOSES.

Thus God.. de-stroys in an-ger   The proud in-sult-ing
Co-si..... at-ter-rai-di-o,   un per-ti-na-ce a

foe,   Thus God.. de-stroys in an-ger.. the proud in-sult-ing
-mor!   co-si.... at-ter-rai-di-o,.... vo per-ti-na-ce a

PHARAOH.

foe.   Oh... my   son,....   dear-est   son,...
-mor!   Fi-glio   mi-o!   ca-ro   fi-glio!

con 8va.

- low.
- mor.
With terror, distraction and anguish, My goaded breast is
Tor-men-ti, affan - ni, e sma - nie, vol fate a brani il

riven; For-ev-er mine honor, my glo - ry To dark despair are driven. Yes, burst my heart o'er-
co - re, tut-to, d'averno o fu - rie, ver sate in me il fu - ro - re, stra-zin-te vol quest'

bur - den'd, Nor bide this fa- tal blow, this fa - tal blow, nor bide, nor
a - ni-ma, che reg-ge al duolo an - cor, al duo-lo an - cor, che rugge, che

bide this fa- tal blow.
reg-ge al duolo an - cor.

CHORUS.

Oh, E-gypt,   land of
Oh E - git - to,   oh istante or

Oh, E-gypt,   land of

mez f

burst my heart o'er·bur·den'd, Nor bide this fa·tal blow, this fa·tal blow, nor
-zia·te vol quest' a·ni·ma, che reg-ge al duolo an·cor, al duo·lo an·cor, che

bide, nor bide this fa·tal blow.
reg-ge, che reg-ge al duolo an·cor.
CHORUS.

Oh, E-gypt, laud of mi-se-ry! Oh, aw·ful day of
Oh Istante, oh istante or·ri·bi·le! gior·no ster·mi·na·
Oh, E-gypt, land of mi-se-ry! Oh, aw·ful day of

For him there is no mor-row,   Who made my joy be-low,
E spen·to il ca·ro be·ne,   l'og·get·to del tuo a·mor,

woe!   Oh!   E-gypt!

-tor!   Oh!.... E·git·to!

woe!   Oh!   E-gypt!

colla parte

blew, this fa - tal blow.
cor, al duo - lo an cor.

woe, this day of woe.

- tor, ster - mi - na tor.

woe, this day of woe.

Andantino.

No. 12.

sotto voce.   f

see not whither now thou guid'st our onward jour-ney.
-tie - ro al - tre non veg - go al no stro scam - po.

Our passage the waters dispute; then where and how shall we pursue our way?
Il var-co è con - te - so dall' on-da! E do-ve? e co-me? do - ve pro - se - gui - rem?

MOSES.
Je - ho - vah is guide.
Nè Du ce Id - di - o!

AARON.
Th'Almighty goes before us.
Id-dio ne gui - de - rà.

MOSES.
When he has promised, who is so
Di sue pro-mes-se, l'audace ov'

bold that he shall dare to doubt Him?
è, che du - bi - tar sol pos - sa.

AARON.
To o-pen to our
Dia-prire al nos - tro

feet paths broad and easy is but a tri-fle before His power Almighty.
più fa - cil ca - mi-no, cos ta ben po - co al suo po - ter di - vi - no.

MOSES

Then away with anxious fear. With ho - ly de-pendence, fervent prayers to
Lungi un va' - no - ti - mor. De - vo - ti, e pro - ni, fer-vi - de pre-ci-al

Andante mosso.

God,.. come, let us of-fer, His divine pow'r and love humbly a - dor - - - - ing.
Di - o, fi - gli pre-ghiamo. Dul ce - les - te fa - vor tut-to spe - ria - - - mo.

Andantino.

PRAYER.

No. 13.

MOSES.

Oh! Thou whose pow'r tre - men-dous, Up - holds the star - ry
Dal tuo stel-la - - to so - glio, Si - gnor ti vol gi a

sky,...... Thy grace pre-serv - ing send us, To Thee, O Lord, we
noi:...... pie - tà de fi - gli tuo - i! del po - - pol tuo pie

32

ESTHER.

Op-press'd with doubt and ter - ror, For sav - ing aid we
Pie - to - - so Dio! ne ai - tai noi non vi - viam, che in

AARON.

pray. Op-press'd with doubt and ter - ror, For sav - ing aid we
piè. Pie - to - - so Dio! ne ai - tai noi non vi - viam, che in

CHORUS. Op-press'd with doubt and ter - ror, For sav - ing aid we
Pie - to - - so Dio! ne ai - tai noi non vi - viam, che in

pray, we.... pray. Oh, God of mer - cy, hear us, Our
Te! che in Te! La de - stra tua cle - men - te, spen

pray, we pray. Oh, God of mer - cy, hear us, Our
Te! che in Te! La de - stra tua cle - men - te, spen

pray, we.... pray.
Te! che in te!

pains, our sor - row see;.... Thy heal - ing pi - ty spare us, And bring us home to
- dà sui cor do - len - te, e far - ma - co so - a - ve gil sia di pa - ce al

34

MOSES.

Oh faithless people ! And dare ye   His truth to question, whose pow'r
Oh scono scenti!   o - sate,   temer chevi abbandoni,   quel Di-o,

show   the fa - vor promis'd.
son   le tue   pro - messe?

in your defence,   wonders unnumber'd, hath freely wrought?
che avo stro prò,   tan - ti por-ten-ti   òprò   fi - nor!

CHORUS OF MEN.   Still the host ad - vances.
Ma   l'os - te a - vanza..

CHORUS OF WOMEN.

ESTHER.

O hapless Is-rael, what wretched fate is
Mi-sera El - ci - a!   Che mai sarà   di

Oh   fol-ly,   that we   believed thy word.
Oh   fol-le,   chi pre - sta fe - de a   tè!

MOSES
thine. Be silent, weak mortals, behold the love of God, And admire His endless might!
no-I? Ta - ce - te o vi li! e del gran Dio di Giuda, ammi rate il poter!

Let each one
Cias cun mi

CHORUS.
Oh h - ty pow-er! Lo..... the waves.. di - vide!
Oh qual.... por - ten-to! oh.......... che........ stu - por!
Oh, migh - ty pow-er! Lo,.... the waves.... di - vide!

fol-low, In vain, baffled by Je - hovah, shall th' Egyptian tyrant hope a-gain on us to
segua, In va-no, se ne protegge Id-di - o, può l'E - gi - zio, tiranno, sperar di rino -

ri-vet his odious bondage.
- vare il nostro af fanno.

PHARAOH.

They have es-
Son fug-

NICAULE.

Through the bil-lows they tread their
Chi frà l'on - de aprì un sen -

- caped — and see how won-drous,
gi - ti.. oh Ciel! che mi - ro!

way,
- tie - ro?

Shall this in - so-lent ma-gician thus es-cape my right - ful
Ah qual ma - go an-da - ce, al - te-rol Al - la ri - va o mai s'af

Yes, the God of Is - rael wills it;   He His peo - ple hath de -
E la gius - ta tua ven - det-ta   or de - lu - sa ros - te -

ven - geance.
fret - ta.

- fend - ed.
- ra?

No!   I will pur - sue the mur - d'rer, who a fa - ther's heart hath
No.   S'in - se - gua quest' in - de - gno, che d'un pa - dre il co - re è

Nay, ne'er tempt the an - gry bil - lows!   No!
Trac - ce - rem quel le or - me is' - tes - se.   dell'

tor - tur'd.   We shall reach him.
oppres-so!..   Del suo po - po - lo,

never!   Stay,
empio,   An - - -

PHARAOH.

We will slay each cow - ard He - brew; Come, fol - low me.
or si faccia or - ren do scempio!   Mi - - se - gui - ta.

Moses in Egypt.

NOTE. — The following fine chorus, although in one or more editions of Rossini's Mosé, does not belong to the adaptation of the H. & H. Society. It may be omitted or sung ad libitum. Its appropriate place when sung is at the commencement of second part.

CHORUS. "Night's Shade no longer."

Moses in Egypt

Moses in Egypt.

morn - ing ad - van - - - ces, Smil - ing with pleasure, wel - comes the day,

morn - ing ad - van - - - ces, Smil - ing with pleasure, wel - comes the day,

welcomes the day,...... welcomes the day,..... Smiling with pleas - ure,

welcomes the day,...... welcomes the day,...... Smiling with pleas - ure,

welcomes the day, the day, the day, the day........

welcomes the day, the day, the day, the day..... .